一滴の秋

鹿野　至

書肆侃侃房

一滴の秋の　＊もくじ

I

II

装画　千川裕子
装幀　宮島亜紀

一滴の秋の

I

夕日

母が語り部だと不幸になるのでしょうか

大陸の凍てついた風に
汽笛が聞こえ
長い地平線に沈んでいく大きな赤い夕日の中で
母や兄たちと一台のマーチョに揺られながら
亡骸を納めた小箪笥の細長い引き出しを
押し黙って見つめている

河を渡ったのだろうか
すこし息が重く
暗闇に近づいていく蹄の音しか聞こえない
それぞれの顔と空の隅っこが
微かに赤く染まって
みんな快活に見える

戦後に生まれた僕の
ただ一つの満州の記憶となっている
母が繰り返し繰り返し話してくれた
生まれて一週間で亡くなった姉の葬列

大人になりたくて

玄界灘から吹く北風はけっこう冷たくて
この街も底まで寒くなり
行き交う人たちの眼が心に沁みる
吹き溜まりの公園で
ギターを弾く指も声もかじかんでいる

ちょっといかがわしい盛り場の
田舎者が誘い誘われ醒めても熱いバーで

喪うことでしか確認できない自分なんて
風に持っていかれたカモメだねって
ササクレだった唇を歪め笑ったのも
ワインの向こうで素敵に見えるって

そんなことも街の堂々巡りの尽きない戯言遊び
ちょっとこの街に住むとか
アイメイクとか都市計画とか
上等な香水の香りがする道理にならない理屈を
街なかのカフェーで
原理は自分の哲学で出来ているって
浅ましさはもっと心を凍らせる

そのつど精緻にまとめられた論理を言い募っても

良いも悪いも言葉なんて何の力もない
それでも恥ずかしさも感じず
愛とか正義とか年甲斐もなく
意味も解らずに時を過ごして

この街で優しかった
勝手に友人と呼んでいる人のしわがれた頬の
子どもにも出来ない屈託のない微笑みを
ただ何となく大人になれたらと
言ってみたくて

夕凪

僕は遠ざかる
醜い笑みと
永い漁の日常から

誰と　誰と
僕と　あんたと
雑魚の恋を
確かめ合うなんて

面白い茶番
酒にも酔えない　止まり木
持て余した　時間
愛くるしい　眼差し

振り返らない覚醒が
唇すら重ねなかったのに
温度だけが　湿潤を与え

陽が沈む頃
遠くへ　遠くへ
岸辺から一番遠い海へ
僕の心を棄てよう

君と

手をつなぐ
無垢と手をつなぐ
満ちてくる
溢れてくる
生そのものの安らぎへの覚醒
手をつなぐ
風と手をつなぐ

満ちてくる
溢れてくる
生そのものの哀しみへの畏怖

手をつなぐ
時と手をつなぐ
満ちてくる
溢れてくる
生そのものの儚さへの沈黙

陽だまり

不意に
僕の手が君の手に触れたとき
季節外れの雷が砕け散った

人びとの呼吸や鼓動と
森の息づかいに堆積した
幾層もの祀りごとの殺意は
誰が積み重ねたのか

祭礼のほの暗い灯りの下
研ぎ澄まされた愛情の先頭で
君は沈黙している

何処までも深く
息が出来ない樹海で
孤独となるために

君の手が
僕のかじかんだ掌をゆっくりと棄てる
小さな陽だまりに

陽炎の舞台

アスファルトから10センチの高さの
舞台の演目は
陽炎に溺れて読むのがむずかしい

熱中症のアリたちを集めて
何処に向かって踊るのか
歩数を数え続けている
息せききった肺たちが転がっていた

照明の中で愛していると叫んで
数えられなかったけど楽しい一幕もあって
時にはのっぺらぼうの微笑みのなか
陽射しが唇に紅を差し　歯が光っていた
あるいは
さまざまに生きながら立ち現れてくる
誰の否定も誰の優しさも群像となって
よそよそしい心臓が朧げに震えていた

誇張された事象　思いやり
冷徹な論理　承服できない論理
笑って過ごした時間ばかり
少し素敵に見え

誰も知らない　セリフもない
机に伏した飲んだくれの男どもの肝臓が愚痴っていた

いっそあなたたちと
10センチ離別出来たら
きっかりと瞳孔で微笑み返すと粋がった
喪われていった夢の奈落の底

圧倒的な熱波に体液を失い息絶えた
透明の翅を飛び立つ姿に広げた
クマゼミの押し花が
都心の広場につながった舗道に落ちている

失恋

一生懸命　後を追い
買ったばかりのスニーカーも
気に入ってもらいたくて

でも
あなたには　意志が在り
あなた自身の消滅を
明確に知り尽くしている

いつまでも恐れている
あなたへの
限りない一歩

そして
繰り返される
豊穣

心が
裸足になって
砂の熱さに溶けても
微かに付いていた

泥の残像だけ
消すことができない

遠い日々の記憶が
いつまでも
微笑みとして在るために

逃げ水

ぼくは水になろう
誰の渇きも癒さない
水になろう

ぼくは水になろう
誰の屈辱も流し去らない
水に

ぼくは水になろう
誰の絶望も包み込まない
水に

ぼくは水になろう
誰の希望も満たすことのない
水に

ぼくは水になろう
誰の祈りも受け容れない
水に

ぼくは水になろう
光がもたらす透明な飢餓の

水に
ぼくは　なろう

コスモス

立ち止まる足下を時が流れていく
私はあなたと豊かな沈黙をつくれたのだろうか
私はあなたと微笑みの静寂をつくれたのだろうか

あの春から二年とすこし過ぎた秋
いつものようにコスモスが咲き
風が吹いている

森や山がくっきりと見えるけれど
私あるいは私たちの森は彩られることはない

私は現在を無愛想に捨てながら
少しずつ時の濃さの方に
静かに歩き
辟易する懺悔もせず
カラカラと時が埋められていく

誰も知らない
亡くなったあなたと私の
つつましかった振る舞いのように

水の精霊

朝の静けさと湿度のなか
記憶の底で
葬送を見送っている

消えてしまったまなざしと息づかい
胸の維管束を浸潤する
涙と樹液の量には満たない

だから
僕が生きてみるためには
樹木の中を通り過ぎる渦たちが
氾濫しなければならない

でも
僕は僕たちの
痛みの適度な血量すら知らない

あらかじめ掌に書いた
生死の水量を
瞳を凝らして
柔らかな陽射しに問い続ける

溢れる光と小さな充足
赤ワインのグラスも
血液検査の試験管も
悲しみと愛しさに
いつのまにか躓いている

もしその絶対値が存在しても
生への執着が
限りなく無に近づいていく

漆黒の砂漠に
一筋の光の水脈を刻むために

こころ

掌に木彫りの観音像
伝えようのない静けさ

扉を閉ざした商店街の
夥しい立ち枯れの街路樹を見つめ
人影のない舗道に立ち尽くす

人のかすかな微笑みに

愛情と生の執着を
識ることができるだろうか

そっと時間と風を受けながら
言葉を探そう

愛するために

朝のかじかむ掌が
毛糸の手袋の　君の手に触れ
僕の　胸のちっぽけな隙間が
季節外れの雷に砕け散る

何故　君の呼吸や鼓動にさえ
耳を澄まし
息を潜めているのか

何故　僕は此処にいるのか
苦しみあうために
憎しみあうために

不可解な血を流している
こぢんまりした空間の
僕の　行き先のない夢想

繰り返された仕草
過ぎ去った時間
慣れ親しんだ安堵

いつかしら　小さな陽射しのなかで

君の毛糸の手袋が
僕の　誰も制御できない体温と感性すら
包んでいるだろう

朱夏の眩み

いちばんお盛んな季節に
ちんまり判ってらしていいの

だけど
俺には
偉そうな話はチンプンカンプンだよ

あんたには

本当のことって
そんなものかしら

そりゃ
草履取りには
お偉い人のピリピリはわかんねえ

そんなことだから
みんなは
あんたを下衆の勘繰りなんていうのかしら

おやじはよう
肩をいからせて騒いでいたけど
おふくろのため息ひとつで静かなもんだ

でも
生活も　あやしげな知性も
笑い飛ばす知を
あんたは教えてくれたよ

春風の底

君を棄てた日に
古いマンションの一室で　蜘蛛が死んでいた
つらかった冬が終わり
すこしだけの温かさが
殺風景な土手で　三分咲きだった

街を離れた日に
場末の商店街の一隅で　また店が閉じられた

あいまいな春が始まって
すこしだけの冷たさが
無人駅のホーム で　すくんでいた

Ⅱ

クモ

冬が終わり
縁側の陽射しも少し短くなり
近くの川の土手の桜は二分咲きで
閉め切った居間に
ずっと居ついていた蜘蛛が
餌がなくて死んでいる

ずっと若い頃

本当の僕自身の憤りも分からず
怒号や叫び声の真っ暗な空に投げ続けた石礫が
音がしないまま宙空に消え
どんな道理を制御しても事象へ反論できず
君を棄てた日
未来という言葉で言いくるめたかったけど
これ以上の生活は破綻しかないと
微笑みの中で至極知り尽くしていた

刹那の雪もすべて遠ざかり
耳納連山が霞む筑後平野に
薄緑の麦畑
菜の花の帯
蓮華の田んぼ

花粉や黄砂が舞う
小さな菜園がある分譲住宅に
時折咳をしながら野菜の煮物にありつき
一人で住んでいる

天国の墓場

病を治すために
老いを馴らすために
傷を癒すために

天国へ
行きなさい
香り高い空へ
昇りなさい

美しい幻聴が
限りなく重ねられ
麻痺していく神経の樹海の底

或る日
悲しみの眼差しが一面に広がり
虚空に拒絶の風紋が刻まれる

覚醒していく
肉体の地下の
無意味な意志が
地獄へ向かわせる

もしかすると
そのことで
天国の墓場を脱け出し
生還するしかないのだろうか

運河

巨大なクレーン群が
慰安と沈黙の
背中をくるりと剝いで
吊り下げていたか
鋼の雨が降っている
埠頭の先

白昼に

灯台の光が見えて
眼病を自覚した日
てのひらの地図を漂流し
風の底に立ちつくしている

夥しい街路樹から
ビルが一気に崩落するように
全てが落葉し
廃線となった臨港線を覆いつくし

まっさおな鎖骨のような
幻の彫像から放たれている
眼差しを一斉に虚空に収斂させる

けれども
空の子午線の国境を
風が越え
朽ちた帆柱に出発を告げる

まだ
うすずみ色の背中に
書割のように
ＴＡＴＯＯの運河を掘っている

誰も渡ることのない
薔薇色の運河を

ユウジン

東京の大学に行った君は
地方に居た僕の知らない時間で
苛烈に燃え尽きようとしていたのだろうか

就職した君は
後に公害と言われるようになった産業で
ひたむきに走っていた
ひたすら嫌われて

営業には尾鰭がつくもの
君は結核まで引き受けても
息を切らせて神事に出て
下っ端を笑顔で済ませている

言葉だけは選びながら話すけれど
本音が透けて見える
一番嫌われる物言いと仕草が
粋だとも思っているのか

でも君には惚れてくれる人がいるから
瞳だけは綺麗だから
たまには悪態をつくから

偽善からも偽悪からも一番遠い

彼岸花

今
谷を渡る風が過ぎ
空へと　棚田の細い畦道に
咲いている

ひそかに
生きる毒と　死ぬ心を
山あいの朝陽が　静かに水面を照らす

わずかな時間

許されるなら
逃れられず　頑なに続く
悲しみと諦めの伝承を
そっと　光へと風にのせる

左腕の静脈の採血
地図をたどる指先
友人たちの笑顔
かすかな幾つもの風の行方

永く吹かれていた風の
棚田に立ち尽くす足元から

真っ赤な畏怖が
魂をゆっくりと揺すり
沈黙へ
めくるめく色彩と漆黒の時を
静かに　深めている

赤い葬列

志が釘のように折れ
曼殊沙華の燃える赤い葬列に繋がれている

膝を折り地につけ　掌を明日に向け
苦しみの風に乗って
何処かに　また何処かへ

拳をかざし胸に当て　眼差しを地平に向け

悲しみの風に乗って
何処かに　また何処かへ

風が海や森をわたり　揺らぎ
光がさらに透明さを増し
静かに　何もない日常を振り返る時
大気のざわめきや静けさが
痛みとなって全身に降りそそぎ
生きることを強いる

風の願い事

風は
畦道に捨て置かれた　一条の曼珠沙華から
空へ連なる棚田を
いっきに　吹き上がり

盲いた渡り鳥となって
高く　声にならない叫びを残し
落葉の渦の中を

都市の遠近を失った舗道へ

言葉や関係の　空洞
高層ビルや雑踏の　不規則な音階
それらの不可視の約束事によって支配されている
都市の奈落へ
落下し　砕け散る

ひととき　静寂が広がり
山脈を抜ける　地下水の隧道から
一滴の秋をかたちづくるために
あるいは　陽射しの名残りを束ねた白髪の女に
一片の微笑みを蘇生させるために

再び　風が
茜色の雲の向こうへ
ゆっくりと　透明な道を辿っていく
無残な　美しい願い事のように

宙

無限です
悲しみは
きっと
充たされることより

愛するって
もっと
無残です

何度目の
始まりでしょう
愛するって

心の中で
あなたへ
叫んでいても

いつも
終わりは
宙の向こう

無残です
怒りは
きっと
孤立することより

つながるって
もっと
悲惨です

何度目の
繰り返しでしょう
つながるって

心の底で

あなたを
見つめていても

いつも
終わりは
宙の向こう

悲惨です
歓びは
きっと
苦しむことより

別れって

もっと
無限です

何度目の
終わりでしょう
別れって

心の襞で
あなたに
触れていても

いつも
始まりは
宙の向こう

生きる

おそらく誰もがいつも疑問にぶつかっている
それはいつも答えのない問い
人生って不便なものだ
都合がいいことなんてない
でも不都合があるから生きている
戸惑い、怒り、悲しみ、痛み
そんなものがいっぱいあるから
人生はおかしくてさみしい

さみしさが深まり一人だと識れば
生きていくにふさわしい

早秋

風って
何処から　吹いているの
風って
何故　つらいの
風って
何故　やさしいの

風って
何処に　消えていくの

風って
サヨナラって
吹くからかしら

祈り　２０１７

深い海の水晶のなかに
夥しい沈黙が潜んでいる

それは
時の堆積に
狂気や無償の愛が
幾層にも重ねられ

もしかしたら
渦巻き髪の一部かもしれない

海流は
きっと行き着かないために
誰かが舵を取っているのだろうか

夜明けには
交わることのない航跡が
いつも漂流している

あとがき

一冊目の詩集『喪われた秋のために』は、どこにも所属しておらず、高校時代から独りで書き留めていた詩をまとめさせていただいたものでした。

どうやら仕事にありついたのは二十三歳の時。この仕事なら、少し社会と関わりながら生きていけるかもしれないと思えた三十歳のとき私は、自分の中で区切りをつけようと、当時の葦書房社主、故久本三多さんの、強い勧めと全面的な協力に甘え、闇雲に出版したものでした。

しかも、仕事が一段落したと思い違いをしてしまったころ、お誘いを受けたこともあり、また義務的に詩を書く環境に身を置くこともいいのではないかと勝手に思いこみ、文芸同人誌「季刊午前」に参加させていただきました。

それでも実際には、仕事は多忙を極め、数多くは書けませんでしたし、質的にも納得できるものでもありませんでした。そのうえ毎月一回の例会すら、出席率は低空飛行でした。

　もう一度詩集を編みたいと思ったものの、なかなかふんぎりがつかず…。だがもう一冊ぐらいは、とやっと重い腰をあげました。まとめるにあたっては出来る限り過剰なものを排除すること、分かりやすい表現にすることを心掛けたつもりですが、必ずしもそうはならなかったかもしれません。

　今回も同人の仲間でもある田島安江さんの励ましと全面的なご協力があって出版にこぎつけました。お世話になった多くの方々に感謝申し上げます。とくに、同人仲間の支えがあってこそと、改めて、謝意を表します。

　最後に、二冊の本のタイトルに「秋」が入ってしまったのは偶然です。

二〇一八年七月

鹿野　至

■著者プロフィール

鹿野　至（かの・いたる）

1949年2月　福岡県生まれ。

詩集『喪われた秋のために』

現在、「季刊午前」同人

現住所：〒813-0013　福岡市東区香椎駅前1丁目22-9　鹿野晋方

詩集　一滴の秋の

2018年8月11日　第一刷発行

著　者　鹿野　至

発行者　田島安江

発行所　株式会社書肆侃侃房（しょしかんかんぼう）

〒810-0041

福岡市中央区大名2-8-18-501

TEL：092-735-2802

FAX：092-735-2792

http://www.kankanbou.com　info@kankanbou.com

DTP　吉貝　悠

印刷・製本　株式会社西日本新聞印刷

ISBN978-4-86385-330-0　C0092